MADAME,

DUCHESSE D'ANGOULÊME,

DANS LA VENDÉE.

A BOURBON-VENDÉE,

Chez **ALLUT**, Imprimeur du ROI et de la Préfecture.

1823.

RELATION DU PASSAGE DE SON ALTESSE ROYALE MADAME, DUCHESSE D'ANGOULÊME, DANS LA VENDÉE,

Les 17, 18 et 19 Septembre 1823.

Ce Recueil contient tous les détails du Passage de MADAME, duchesse d'Angoulême, à Bourbon-Vendée, aux Herbiers, aux Quatre-Chemins, à la butte des Alouettes, à Belleville, et à Montaigu; on y trouvera le nom des Autorités civiles et militaires que S. A. R. a daigné admettre à sa table; les paroles touchantes qu'elle a adressées aux Chefs des différens établissemens qu'elle a visités, ainsi qu'aux fidèles Vendéens quand elle les a passés en revue, et les réponses qu'on lui a faites; enfin un recueil de poésies de tout genre, composées à l'occasion de ce mémorable voyage.

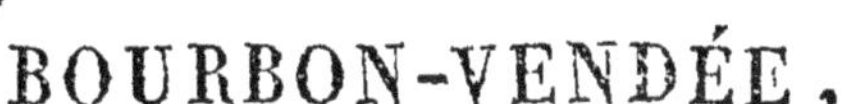

À BOURBON-VENDÉE,

Chez ALLUT, Imprimeur du ROI et de la Préfecture, au coin de la rue des Sables;

Et à PARIS, à son magasin de Librairie, rue de la Harpe, n° 85.

1823.

RELATION
DU PASSAGE
DE SON ALTESSE ROYALE
MADAME,
DUCHESSE D'ANGOULÊME,
DANS LA VENDÉE.

Bourbon-Vendée, le 19 septembre 1823.

DES jours de bonheur viennent de luire pour la Vendée. S. A. R. MADAME, duchesse d'Angoulême, avait promis d'honorer de sa présence le sol classique de la fidélité, et cet espoir s'est réalisé. Ce n'est que bien peu de jours à l'avance qu'on a été prévenu de cet heureux événement. Aussi-tôt la Garde d'honneur, qui s'était déjà réunie ici pour célébrer la Saint-Louis, est arrivée de tous les points du département. Les anciens chefs vendéens, les fonctionnaires publics et les habitans des campagnes sont accourus à Bourbon, et sur les autres lieux que devait parcourir l'Ange tutélaire de la France. L'enthousiasme était au comble, et L'HÉROÏNE DE BORDEAUX, en quittant sa ville chérie, a pu se convaincre que ceux qui entreprirent de défendre l'autel et le trône contre des forces centuples des leurs, ne le cèdent à aucuns non plus, en sensations, lorsque le jour du triomphe est arrivé.

Partie de la Rochelle, le 17 septembre au matin, MADAME est arrivée à Bourbon vers midi. A quelque distance de la ville, elle avait été reçue par le Corps municipal, le Préfet, le lieutenant-général d'Espinoy, commandant la 12.me division, et le maréchal-de-camp du Pérat, commandant le département. Immédiatement après son arrivée, les autorités lui ont été présentées, et les chefs de corps ont été admis à la complimenter. Après quelques momens de repos, elle est sortie pour voir les édifices publics et placer la première pierre d'une colonne qui, bâtie sur la principale place du chef-lieu du département, indiquera aux étrangers l'époque où la Fille de nos Rois visita le peuple qui mérita, de la part d'un homme extraordinaire, le nom de *Peuple de Géans*, et dont le dévouement pour ses maîtres sera redit aux générations futures. Ensuite Son Altesse Royale a admis à sa table Mme de Curzay, MM. de Curzay et de Vérigny, préfets de la Vendée et de la Loire-Inférieure; M.gr l'évêque de Luçon; MM. les généraux de Sapinaud, comte d'Espinoy, de Lanjamet, de la Houssaye et du Pérat; les députés Joffrion et de Vassé; MM. Auvynet et Bernard, sous-préfets des Sables-d'Olonne et de Fontenay-le-Comte, MM. Duchesne de Denant et Dautrive, maire et premier adjoint de la ville de Bourbon; les colonels vendéens de Chantreau et Caillaud; MM. de Lezardière et Voyneau, et M. de la Bastière, commandant de la Garde d'honneur. Le soir les dames ont été présentées.

Le 18 à six heures du matin, MADAME, duchesse d'Augoulême, accompagnée de Mme la comtesse de Béarn, et de MM. marquis de Vibraye et le vicomte d'Agoult, est partie pour se rendre au-delà des Herbiers, sur la montagne des Alouettes, point d'où l'on découvre un grande partie de la Vendée militaire. De distance en distance, sur toute la route, les anciens soldats vendéens étaient réunis en corps pour la saluer. Aux Essarts, M. de Puytesson et sa brave division étaient sous les armes. A l'entrée de tous les bourgs, se trouvaient des arcs de triomphe. On doit mentionner particulièrement celui des Quatre-Chemins, non seulement à cause de son élégance, mais encore parce qu'il était élevé sur un lieu illustré par les succès des vendéens, toutes les fois qu'ils y ont combattu : quatre victoires complètes y ont été remportées.

Après avoir été visiter l'église des Herbiers,

MADAME a monté à cheval pour aller à la montagne des Alouettes. Là était la véritable fête de la journée, et le caractère vendéen s'est déployé tout entier aux yeux de Son Altesse Royale. Une masse de population d'environ 12,000 ames, dont plus de 5 à 6 mille hommes sous les armes, a fait retentir l'air de ses acclamations. Sur ce magnifique plateau, une tente élégante était dressée, et la moderne Antigone y a joui d'un point de vue digne d'un aussi beau jour. Le général de Sapinaud, ancien généralissime vendéen, qui présidait à la fête, a reçu MADAME et lui a présenté une réunion de demoiselles. L'hommage d'une corbeille de fleurs lui a été offert, en leur nom, par M.lle d'Hillerin. Son Altesse Royale a ensuite accepté le déjeûner qui lui était offert, au nom de la Vendée, et elle a admis à l'honneur de ce banquet champêtre les Préfets de la Vendée et de Maine-et-Loire, les généraux de Sapinaud, de la Houssaye, du Pérat et comte de la Roche-Saint-André; M.me de Suzannet, veuve de l'illustre vendéen mort en défendant la monarchie, le marquis et la marquise de la Bretesche, le comte et mademoiselle de Chabot, Mme la baronne de Rascas, M.me des Touches, M.me de Buor, née de Sapinaud, le comte et la comtesse de Bessay et plusieurs autres personnes. Pendant le repas, la foule circulait librement autour de la tente. Aussitôt après, MADAME a bien voulu combler les vœux des vendéens impatiens, qui jusqu'alors s'étaient tenus derrière l'enceinte qui leur avait été tracée, elle a parcouru toutes les lignes du carré, accompagnée des principaux personnages de la réunion, et elle a eu l'extrême bonté d'adresser la parole à un grand nombre de soldats, de considérer les drapeaux des différentes paroisses et de remarquer les diverses armures vendéennes, joignant à toutes ses remarques une bienveillance qui a fait oublier à tous les vétérans de la fidélité leurs blessures, leurs peines et leurs travaux passés : l'émotion gagnait tous les cœurs. Il est impossible de se faire une idée de l'effet que produisait à chaque instant le touchant intérêt des questions et la naïveté des réponses. On surprenait dans tous les yeux des larmes de joie et d'attendrissement. Cette revue a duré plus d'une heure, et il fallait pour que MADAME n'en fut pas excédée, toute la sollicitude qu'elle a témoignée aux vendéens. La réunion eut été encore plus nombreuse si les Angevins accourus déjà aux Herbiers, n'étaient retournés en toute hâte dans leurs pays, dans l'espoir d'y posséder aussi l'objet de leur vénération.

Plusieurs fois on a voulu fixer l'attention de MADAME, sur le coup d'œil enchanteur qu'offre le point le plus élevé du pays; mais elle s'y est toujours refusée en rappelant que ce qui la touchait uniquement était la vue des braves réunis autour d'elle. Elle a bien voulu consacrer son passage sur ce mont granitique, par une fondation, qui sera éminément précieuse pour un peuple aussi religieux qu'il est royaliste. Une chapelle sera construite sur ce point élevé, pour consacrer une époque qui ne s'oubliera jamais. S. A. R. a daigné affecter 5000 francs pour la construction de ce monument. Que de prières seront faites au pied de cet autel de si illustre origine! Combien de vendéens s'y rendront les jours anniversaires de ceux où MADAME rendit heureuse, par sa présence, la terre de la fidélité! Que de vœux seront faits à l'éternel pour la conservation d'une famille qui illustra la France et assura son bonheur pendant tant de siècles! Que d'aumônes y seront distribuées en souvenir de l'auguste fondatrice, dont le nom n'est jamais invoqué en vain!

A midi, MADAME est montée à cheval, accompagnée du Préfet, du général du Pérat, du colonel de Penhoët et du marquis de la Bretesche, et est allée visiter Mortagne, petite ville fameuse dans les guerres vendéennes. Elle a fait ce trajet sur un cheval appartenant à M. Baudry d'Asson, neveu du premier chef vendéen, du commandant de l'insurrection de Bressuire. Remontée en voiture, la Princesse est retournée a Bourbon, où elle admis à sa table M. le Préfet, Mme de Curzay, Mme la comtesse de Belau,

M.gr l'Evêque de Luçon, le général du Pérat, M. de la Fontenelle de Vaudoré, président de la cour d'Assises, MM. des Abbayes, Constant de la Bastière, Robert de Chateigner, le vicomte de Chabot, Maynard et Grelier du Fougeroux, anciens officiers supérieurs vendéens; MM. Brisson, Maynard de la Claye, le marquis de Lespinay, de Montsorbier et de Mauclerc, membres du conseil général; et M. de Vallière, receveur général.

A la sortie du dîner, et après s'être entretenue avec les personnes qui y avaient pris part, MADAME est descendue avec elles, sur la terrasse du jardin de la préfecture, dont la position peut être comparée à celle dite du *bord de l'eau*, aux Tuileries. Une population immense, particulièrement formée de soldats vendéens, était sur la place publique, au bas de la terrasse, d'où elle appercevait parfaitement la Princesse, à l'aide de l'illumination des bosquets de la préfecture; de bruyans cris de joie n'ont cessé d'accompagner MADAME pendant toute sa promenade, et l'ivresse était à son comble. Peu de temps après S. A. R., fatiguée par une course de près de trente lieues, est rentrée dans ses appartemens. Un bal donné par la Garde d'honneur, pareil à celui qui avait déjà eu lieu la veille, a terminé cette heureuse journée. Une foule de pièces de vers analogues à la circonstance, ont aussi exprimé les sentimens de la joie publique.

Avant de se retirer, l'auguste orpheline du temple a songé à consoler des infortunes. Une somme de 20,000 francs a été remise à M. le Préfet. Elle est destinée aux hôpitaux, aux vendéens blessés, aux veuves et aux orphelins, mais uniquement pour satisfaire les plus pressans besoins. La Princesse, dans sa bienveillance n'a oublié aucune partie du département. Elle a témoigné au Sous-Préfet de Fontenay-le-Comte, combien elle aurait désiré voir cette ville et même son arrondissement, qui viennent de donner récemment une preuve si marquante de l'excellent esprit qui y règne.

MADAME s'est mise en route pour Nantes, aujourd'hui 19 septembre à sept heures du matin, emportant les vœux et les regrets de toute une population dont les sentimens, indépendamment d'une manifestation qui n'est pas équivoque, sont garantis par plusieurs années d'une lutte tellement héroïque qu'elle est unique dans les fastes de l'histoire.

Outre le monument dont la Princesse a posé la première pierre à Bourbon, et celui dont sa munificence et sa piété ont doté la Vendée; il a été arrêté qu'une médaille en bronze serait frappée en souvenir des jours mémorables qui viennent de s'écouler. Enfin un Tableau destiné à devenir l'ornement du palais illustré par le séjour de MADAME, reppelera encore ses traits, dans un lieu où elle ne donna que des instans trop fugitifs.

MADAME doit aussi visiter Sainte-Anne d'Auray, mais il est encore une nouvelle marque d'intérêt qu'elle veut bien donner à la Vendée. C'est une de ces attentions tellement délicates, que les expressions manquent pour la qualifier, un Bourbon seul peut en concevoir l'idée. S. A. R., rendue à Varades, doit y passer la Loire, aller à Saint-Florent, et retourner sur la rive droite du fleuve, pour le traverser deux fois, sur un point où un peuple entier de preux et de fidèles abandonna son pays et ses biens pour combattre l'irréligion et l'anarchie.

— Le passage de Son Altesse Royale MADAME, duchesse d'Angoulême, dans la Vendée, est une époque à jamais mémorable dans les fastes historiques, et l'on conservera religieusement dans le pays, le souvenir d'une foule d'anecdotes auxquelles ce voyage a donné lieu.

Quand S. A. R., en habit d'amazone, parcourait les lignes des vendéens, l'un de ces vieux serviteurs auxquels elle avait adressé la parole, disait : Pourquoi notre bonne Princesse ne m'a-t-elle pas présenté sa main à baiser ou mille écus; elle aurait vu, malgré que je sois bien pauvre, que ce n'est point l'intérêt qui nous a fait marcher.

Qui pourrait rendre la naïve sensibilité d'un bon paysan, qui, les yeux pleins de larmes, entendant S. A. R. dire avec émotion: « Ah! mes amis, que je suis aise de me trouver au milieu de vous, » et nous donc, ma bonne dame!

Les enfans remplaçaient leurs pères: S. A. R. ayant dit à un jeune homme: « Vous êtes trop jeune pour avoir fait la guerre? » Oui, mais c'est la carabine de mon père, mort de ses blessures, que je vous présente.

Derrière cette triple haie de vendéens armés, les femmes se pressaient pour entrevoir S. A. R.; les petits enfans s'étaient glissés entre les jambes de leurs pères, ils y étaient à genoux, les mains jointes et les yeux élevés naturellement vers le ciel, pour apercevoir la Princesse. Ce tableau enchanteur ferait un sujet bien digne de la lithographie et même de la peinture.

C'est sous la tente même où déjeûnait MADAME, duchesse d'Angoulême, au camp des Alouettes, que M. le Préfet exprima le vœu qu'une chapelle fut fondée par S. A. R. sur ce beau plateau. « Combien cela coûtera-t-il, demanda-t-elle? » cinq mille francs au plus répliqua le Préfet. « Eh bien, je les donnerai l'année prochaine, car cette année j'ai beaucoup dépensé, et cependant je ne puis rien refuser de ce qui dépend de moi dans la Vendée. »

Après la revue, S. A. R. remonta à cheval, et se dirigea sur Mortagne, accompagnée d'une suite nombreuse. Les plus douces émotions remplissaient l'âme de cette bienfaisante Princesse. M. le Préfet était auprès d'elle; elle lui dit: « J'ai beaucoup voyagé; cela m'a rendu bien pauvre; cependant je voudrais soulager quelques infortunes dans la Vendée. Vingt mille francs sera-ce assez? » Des larmes d'admiration et de reconnaissance furent la seule réponse du Préfet, qui, un instant après lui dit : Ah ! MADAME, faites que je ne sorte jamais d'un département où la présence de Votre Altesse Royale me cause tant de bonheur ! »

Tour à tour, pendant cette course rapide, faite à cheval, S. A. R. s'entretint avec les généraux de Sapinaud et du Pérat (tous les deux anciens chefs vendéens, et le dernier commandant aujourd'hui le département). C'était sur le sol même où ils avaient fait la guerre, et où se sont passés tant de mémorables événemens, qu'elle leur demanda des détails sur les fameux combats de Torfou, de Montaigu, des Quatre-Chemins et autres, où la valeur Vendéenne avait obtenu des victoires si complètes ; elle saisit cette occasion de combler de bontés, ces serviteurs dévoués et fidèles.

S. A. R. fit aussi appeler auprès d'elle M. de Penhoët colonel de gendarmerie, elle lui parla avec intérêt de sa famille et lui prouva qu'elle connaissait ses malheurs comme ses droits aux bontés du Roi. Ce brave colonel sortit tout ému d'un entretien qui l'aidera longtems à supporter les revers de fortune qu'il vient d'éprouver.

Le lieutenant-général la Houssaye, se trouvant à Mortagne, où il avait suivi depuis Bourbon S. A. R. Elle lui dit avec surprise : « Vous êtes venu jusqu'ici général ? » MADAME, répondit le général, je désirais être témoin de la fête des Vendéens. « Ajoutez M. le général, que c'est aussi la mienne. »

Dans la ville de Bourbon-Vendée, déjà le deuil succède à l'allégresse. Il est sept heures ; S. A. R. traverse une haie de Gardes d'honneur et leur témoigne sa satisfaction du service intérieur qu'ils ont fait auprès de sa personne, faveur d'autant plus précieuse qu'elle n'a été accordée qu'aux vendéens pendant tout le voyage de MADAME dans le midi. Elle part et des larmes de tristesse et de regrets, succèdent aux larmes de joie.

MADAME, duchesse d'Angoulême, a bientôt fait

trois lieues; elle arrive à Belleville; elle a traversé des arcs de triomphe; elle est au quartier-général du général Charrette. On voit encore à quelque distance de la paroisse, la chambre où ce célèbre défenseur de la foi et de la monarchie méditait ses attaques et ses défenses, et les prairies où il passait en revue ses compagnons d'armes: plusieurs d'entre eux existent encore; ils sont là et s'offrent de guider les pas de S. A. R., qui accepte de visiter ces lieux mémorables, et qui le seront bien davantage après cette pieuse visite.

Un morne et respectueux silence est observé pendant le trajet; des veuves de vendéens de toutes les classes, se trouvent sur son passage, on y remarque M.me de Beauregard. M.me de Mornac, présentant sa nombreuse famille, alors que M. de Mornac, colonel, est en Espagne. Deux anciens chefs de divisions vendéennes, MM. des Abbayes et Gautté accompagnent S. A. R. jusqu'au modeste appartement qu'habitait l'immortel Charrette. Ce sont eux qui donnent à MADAME, toutes les explications qu'elle demande. C'est là qu'elle prend des informations précises sur tout ce qui concerne cette famille illustrée par son dévouement et ses malheurs, et l'émotion de tous les assistans est au comble, lorsqu'en quittant ce modeste toit, on entend la bouche auguste de S. A. R. proférer ces paroles remarquables: « Ah! pourquoi faut-il que tant de dévouement et de gloire n'aient pas eu un meilleur sort! »

S. A. R. toute émue, après s'être promenée quelques instans en silence et presque seule dans le jardin contigu à l'appartement de Charrette, passe à pied au milieu d'une foule de vendéens qui se précipitent à ses pieds, veulent toucher ses vêtemens et lui coupent le passage, comme s'ils eussent voulu tenter de la retenir au milieu d'eux. S. A. R. rejoint avec peine sa voiture, et tous les regards se portent sur la route par où s'éloigne l'auguste Princesse, qui, comme un ange du ciel, est venu sur cette terre sacrée, apporter tous les genres de consolations à la fois.

Quand Belleville était livré aux regrets, l'impatience et la joie la plus vive se manifestaient sur la route à parcourir. A l'Hébergement, M. de Puytesson, ramenant ses paysans, se trouvait encore sur le passage de S. A. R. A Montaigu, M. le Magnan l'attendait, avec sa belle division composée de vendéens et de bretons. C'est là que les derniers hommages des vendéens ont été rendus à MADAME; mais une foule d'entre eux sont allés à Nantes, se fondre dans l'immense population de cette ville, pour jouir encore du bonheur de voir S. A. R.; joindre leurs acclamations à celle des habitans de cette ville, et prolonger de quelques instans, les trop courts momens de bonheur dont ils ont joui dans la Vendée.

Dans ces jours de bonheur chacun a fait son devoir et l'on ne peut omettre de citer le zèle de la gendarmerie et celui de son digne Capitaine, M. Guérin d'Agon qui s'est multiplié et n'a pas quitté les pas de S. A. R. depuis son entrée jusqu'à sa sortie du département.

Parmi les personnes qui ont eu l'honneur d'être invitées à dîner par S. A. R. et qui n'ont pas été nommées se trouvent MM. de Puytesson, de Montreuil, Amédée de Béjarry, Bréchard, Ussault, presque tous anciens chefs vendéens.

Au camp des Alouettes les yeux se portaient avec attendrissement sur la fille de M. de Suzannet, que S. A. R. avait fait placer à table auprès de sa mère, dont la douleur a été suspendue par les témoignages d'intérêts qu'elle a reçus de cette auguste Princesse.

NOMS de Messieurs les Officiers de la Garde d'Honneur Vendéenne.

MM.

Morisson de la Bastière, Colonel - Commandant, Chevalier de Saint-Louis.

Le Chevalier *de Dion d'Aumont*, Capitaine Adjudant-Major, Chevalier de la Légion d'Honneur.

Caillaud, Porte-Etendard, ancien chef de Division Vendéenne, Chevalier de Saint-Louis.

Grelier du Fougeroux, Capitaine, ancien chef de Division Vendéenne, Chevalier de Saint-Louis.

D'Hillerin de Bois-Tissandeau, Lieutenant, ancien chef de Division Vendéenne, Chevalier de St-Louis.

De Montsorbier, Lieutenant, Chevalier de la Légion d'Honneur.

Mercier de l'Epinay, Sous-lieutenant, Chevalier de Saint-Louis.

De la Roche-Saint-André (Benjamin), Sous-lieutenant.

De Béjarry, Sous-lieutenant.

Himen de Fonteveau, Sous-lieutenant.

BRAVES VENDÉENS !

Vous venez enfin de jouir du plus grand bonheur auquel vous pussiez aspirer! l'Orpheline du temple, celle pour laquelle vous avez si longtems combattu, vous a visité. MADAME, duchesse d'Angoulême, a parcouru vos champs mémorables. Vous êtes accourus de toutes parts! chacun de vous a contemplé ses traits augustes et entendu sortir de sa bouche l'éloge de la fidélité, seul beaume qui convînt à vos vieilles blessures. Chacun de vous aussi a répété qu'il verserait, pour le Roi et pour S. A. R., jusqu'à la dernière goutte de son sang.

Braves Vendéens! la mémoire d'un si beau jour est à jamais consacrée dans nos cœurs. Elle le sera également dans l'histoire. Vos enfans envieux de votre sort transmettront d'âge en âge le recit merveilleux du voyage de la Protectrice de la Vendée. On cherchera dans les vieilles chroniques tous les détails de ce prodigieux événement : et quand, à la veillée dans vos chaumières relevées, l'émotion forcera le lecteur de s'interrompre, le chef de famille, trouvant l'occasion de donner une utile leçon, se levera solemnellement et dira: Vous voyez mes enfans, que tôt ou tard le dévouement et la fidélité sont sûrs d'avoir leur récompense.

Bourbon-Vendée, le 19 septembre 1823.

Le Maître des Requêtes, Préfet de la Vendée
Chevalier de la Légion-d'honneur,

DE CURZAY.

RAPPORT

DE LA MAIRIE

DE BOURBON-VENDÉE.

MAIRIE DE BOURBON-VENDEE.

PASSAGE DE SON ALTESSE ROYALE MADAME, DUCHESSE D'ANGOULÊME, DANS LA VENDÉE.

PREMIER RAPPORT,

Du 19 *septembre* 1823.

DÉJA sont publiés tous les faits principaux qui se rattachent au passage de S. A. R. MADAME, duchesse d'Angoulême, dans ce département: nous publions alors rapidement ceux qui concernent cette ville; et plns tard nous ferons connaître ce qui aurait pu nous échapper.

Le 17 septembre courant, dans la matinée, une population nombreuse et toujours croissante remplissait les rues, les places publiques et la route de Bordeaux. Le conseil municipal et toutes les autorités attendaient, près l'arc de triomphe, sur la limite de la commune, S. A. R. qui à une heure du soir a fait son entrée au bruit de l'artillerie, au son des cloches, au milieu d'un concours immense d'acclamations. Dès lors elle a daigné descendre de sa voiture, et accepter une calèche élégante que M. le Préfet a eu l'honneur de lui offrir; puis se montrant aux yeux d'un peuple affamé de contempler ses traits augustes, elle a traversé la ville au pas jusqu'à son palais, par la place Royale, la route des Sables, et la rue de la Préfecture. Chaque maison était pavoisée d'un drapeau blanc, toutes les fenêtres étaient garnies de dames et de spectateurs ; la Vendée semblait réunie dans Bourbon. S. A. R. accueillait, par des salutations affectueuses et le geste expressif de sa satisfaction, les transports de la joie générale, les cris *vive le Roi! vive Madame! vive le Pacificateur de l'Espagne! vivent les Bourbons!* qui n'ont pas discontinué pendant son séjour.

A peine entrée dans son palais, cette princesse, si aimante et si digne d'être aimée, a permis qu'on lui présentât les autorités, les fonctionnaires publics, les officiers de toute arme, les demoiselles ayant une corbeille de fleurs, les dames de la halle, et beaucoup d'autres personnes recommandables par leur naissance ou leurs services rendus au gouvernement.

Tous les corps militaires ont concouru à la garde du palais, mais le 22.e de ligne occupait le poste extérieur : la compagnie des canonniers-pompiers gardait l'intérieur du palais; et les gardes d'honneur faisaient le service près la personne de MADAME.

Sur les trois heures et demie, S. A. R. est montée dans sa calèche et a parcouru les rues en témoignant aux habitans et aux magistrats tout l'intérêt que lui inspire une ville portant le nom sublime des Bourbons. Elle a partout versé le baume de la consolation, et recueilli les bénédictions universelles. Elle a reçu avec bonté un grand nombre de pétitions qui seront examinées avec soin; elle a parlé à plusieurs personnes de tous les rangs; elle a relevé obligeamment les pauvres qui accouraient à leur bienfaitrice; enfin c'était une mère tendre au milieu de ses enfans. Après avoir visité la nouvelle église, l'hospice, le collége et les casernes, elle a daigné poser, sur la place Royale, la première pierre du monument vendéen voté à la mémoire des braves qui ont succombé en défendant l'autel et le trône. Delà elle a voulu encore voir le couvent des Ursulines, puis elle est retournée à son palais. A six heures elle a admis à sa table un grand nombre de fonctionnaires et de personnes distinguées; à sept heures elle a reçu quantité de dames qui avaient sollicité et obtenu la faveur d'être admises à la soirée; elle a constamment dit à chacune les choses les plus obligeantes, et vers dix heures elle s'est retirée dans ses appartemens.

Le lendemain à six heures du matin, S. A. R. accompagnée de M. le Préfet, et encore dans la même calèche que la veille, a pris la route des Herbiers pour y faire, jusques sur la montagne des Alouettes, la promenade qui devait être délicieuse pour elle-même, et qui sera à la Vendée militaire une époque historique et précieuse. La ville de Bourbon a été onze heures privée de la présence de cette Princesse chérie; mais elle savait que le centre militaire de la Vendée catholique et royale voulait aussi avoir un instant de bonheur; elle soupirait seulement pour un retour qui n'a eu lieu qu'à 5 heures du soir.

Dans tous le cours de la journée, de nombreuses phalanges vendéennes, accourues du bocage et du marais de l'arrondissement des Sables, avaient grossi la population. On voyait avec attendrissement de vieux guerriers à cheveux blancs, de preux vendéens armés comme autrefois, entourant le drapeau du célèbre Charrete. Ces braves gens sont allés loin de la limite de cette commune, au devant de S. A. R. qui en les voyant a été attendrie aux larmes. Elle a aussitôt ralenti sa marche, elle a passé la revue de l'armée fidèle, elle a interrogé un grand nombre de braves; elle les a laissés avec peine derrière elle pour arriver à son palais. Peu après son arrivée elle a encore daigné admettre à sa table beaucoup d'autres fonctionnaires; après son dîner elle a bien voulu permettre aux dames qui lui avaient été présentées, de circuler dans le jardin et de lui offrir de nouveau leurs hommages.

Dans cet instant une fête champêtre était préparée sur le Cours Henri IV adjacent au jardin. S. A. R. s'est montrée au peuple qui se livrait aux danses et à tous les sentimens de la joie. Elle a voulu deux fois lui exprimer sa sensibilité; mais les acclamations générales n'ont pas permis d'entendre les accens de sa voix. Des buffets, dressés sous des tentes, étaient garnis de comestibles et de liquides qu'on distribuait à tous ces bons vendéens. La fête a duré fort avant dans la nuit; mais on avait eu soin d'interrompre de bonne heure tout plaisir bruyant, pour ne pas troubler le repos de S. A. R. qui avait paru fatiguée.

Ce matin à sept heures, la ville de Bourbon a eu la douleur de voir s'éloigner de ses murs l'Héroïne de Bordeaux à qui nous avons du moins offert nos cœurs. Nous avons la douce persuasion qu'elle a agréé cette offrande, et qu'elle est satisfaite de toute la Vendée. Puisse-t-elle porter bientôt au Roi l'expression de notre amour et l'hommage de notre respect. Puisse-t-elle conserver longtems le souvenir d'une ville et d'un pays qui n'oublieront jamais son passage sur cette terre classique de la fidélité!

Un rapport subséquent contiendra les détails que le temps ou la mémoire ne nous rappellent pas en ce moment. Il nous suffit de dire aujourd'hui que M. le Préfet est content de tout le monde, des autorités comme des habitans; que tous ont fait leur devoir. Le programme a été ponctuellement exécuté; le feu de joie, le mât de cocagne, l'illumination générale pendant deux jours, le son des cloches et le bruit de l'artillerie dans les circonstances convenables, tout a dépeint l'allégresse; et nous sommes heureux de pouvoir faire ce récit dont la vérité est notoire. C'était une fête de famille, qui a été célébrée dans la joie du cœur; rien n'a troublé l'ordre dans ces deux jours, et cette époque demeure à jamais mémorable.

DEUXIÈME RAPPORT

Du 26 *septembre* 1823.

Nous avons déjà dit que le passage de S. A. R. MADAME, Duchesse d'Angoulême, dans la Vendée, serait pour ce pays une époque mémorable. Un premier rapport sur l'arrivée, le séjour et le départ de cette Princesse auguste, publié dans le journal du 21 de ce mois, contenait les faits généraux dont toute la population a eu connaissance; mais il faut aussi publier quelques détails personnels à la ville de Bourbon-Vendée, et nous allons entreprendre ce récit authentique.

Notre premier soin est de raconter quel a été le zèle de la force publique. On ne peut rien ajouter au dévouement qu'ont montré l'état-major et les brigades de la gendarmerie royale et le dépôt du 22e régiment de ligne; mais nous devons faire remarquer la compagnie des Canonniers-Pompiers, qui avait été réorganisée le jour de la Saint-Louis dernière, et qui a été appelée à l'honneur de faire le service intérieur du Palais. Elle était toute réunie sous les ordres immédiats de MM. les officiers des gardes de MADAME, qui ont eu l'honnêteté de traiter les trois officiers à leur table; elle n'avait au dehors qu'un détachement nécessaire pour tirer le canon. Elle obtint, le soir même de l'arrivée de S. A. R. et immédiatement après la visite des établissemens publics, l'insigne faveur de paraître dans l'antichambre du grand salon, où MADAME, accompagnée de M. le Préfet, daigna la passer en revue, et adresser aux officiers, sous-officiers et à plusieurs canonniers des paroles d'une extrême affabilité. La compagnie ne savait comment reconnaître un tel bienfait, et les officiers, pressés dans leur service au moment du départ, n'avaient pas vu MM. les officiers des gardes pour les remercier de leurs attentions délicates. Ils leur écrivirent le jour même à Nantes, c'est-à-dire le 19, et dès le lendemain ils furent gratifiés de la réponse dont voici le texte:

Nantes, le 20 septembre 1823.

A Monsieur le Chevalier Girod, Capitaine-Commandant le corps des Canonniers-Pompiers de Bourbon-Vendée,

« Je suis on ne peut plus sensible, Monsieur, à « ce que vous m'avez fait l'honneur de m'écrire. « Les rapports de service que j'ai eus avec la compa- « gnie de Canonniers, sont d'autant plus flatteurs « qu'il est impossible de servir avec plus de zèle et « de dévouement. La haute faveur dont S. A R. « MADAME les a honorés en permettant qu'ils lui « fussent tous présentés, vous prouvera combien nous « sommes jaloux de faire valoir près de MADAME « tous les gens dévoués et particulièrement les « BRAVES VENDÉENS. Je me trouverai heureux, « Monsieur le Capitaine, de faire une plus ample « connaissance avec vous et vos officiers. Veuillez « bien le leur témoigner, et croire à toute la consi- « dération avec laquelle j'ai l'honneur d'être, « Monsieur, votre très-humble serviteur,

Le comte D'AUGUSTIN.

Une lettre aussi flatteuse pour la compagnie que pour la ville, mérite assurément d'être connue; et chaque Canonnier nous demande avec instance de lui remettre un exemplaire de la feuille où elle est insérée, afin de conserver le précieux souvenir d'un temps trop court où il a pu faire éclater à son aise son amour et son respect pour le ROI, MADAME et tous les BOURBONS.

S. A. R. qui sait si bien employer tous ses momens, dès qu'elle eût reçu les autorités et quantité de personnes distinguées qu'elle avait permis de lui présenter, voulut voir la ville, où tous les Vendéens semblaient être accourus pour contempler ses traits augustes et lui offrir leurs hommages respectueux. Elle partit de son palais sur les trois heures, et sa première station fut à la nouvelle église paroissiale. Elle était suivie de M, le Préfet, M.gr l'Evêque de Luçon, plusieurs Membres du chapitre, M. le Curé de la Paroisse avec le clergé du Canton, beaucoup de fonctionnaires publics, et MM. les Ingénieurs en chef et ordinaires. M. Dan de la Vauterie tenait à la main le plan de l'église, et avait l'honneur de lui expliquer ce qui était fait et ce qui restait à faire. Le fronton étant presque terminé, S. A. R. avait pu juger, dès son entrée, de la beauté du frontispice qui rappèle le Parthenon, l'un des plus beaux édifices de l'antiquité. La nef et l'un des bas côtés avaient été rendus parfaitement libres, et l'on avait fait enlever les échaffaudages afin que l'on vît l'église dans toute sa hauteur. S. A. R. a témoigné qu'elle en trouvait la disposition très-belle et d'un grand effet. Elle s'est informée quels étaient les auteurs du projet; on lui a cité les noms de M. Vallot, ingénieur, ancien pensionnaire de France à l'académie d'architecture à Rome, et M. Duvivier, ingénieur en chef, qui a consacré 15 années aux travaux de Bourbon avec un zèle dont cette ville conserve un souvenir reconnaissant. Un si haut suffrage est un noble encouragement pour les ingénieurs actuels, chargés de l'achèvement de l'église. Nous sommes fondés à espérer que cette visite nous procurera le prompt achèvement d'un édifice religieux dont nous avons si grand besoin. Il suffirait de doubler temporairement le fonds annuel assigné pour cet objet; alors on pourrait aussitôt doubler le nombre des ouvriers; et les fidèles auraient la consolation d'être tous dans la même église au 1er janvier 1825, pour la célébration des Saints-Mystères, même sans attendre le complément des tours et des décorations extérieures.

De là S. A. R. suivie du même cortège, se rendit à l'hospice, où elle trouva réunies M.me la Supérieure générale des filles de la sagesse, la Supérieure et les sœurs de la maison. Elle fut reçue à la porte de la chapelle par M. l'aumonier; et après avoir fait sa prière, elle témoigna le désir de voir l'intérieur de l'établissement; elle en visita toutes les parties; elle traversa la salle des militaires à qui elle parla avec bonté ; elle s'arrêta dans la pharmacie et la lingerie, où elle daigna s'occuper du besoin de la maison : puis elle se reposa dans la chambre de la supérieure où lui fut présenté un religieux de l'ordre de Saint-Jean de Dieu, qui lui demanda sa protection pour un hospice d'aliénés qu'il se propose de fonder à Bois-Grolland, commune de Poiroux, en ce département. Ce religieux obtint une réponse tout à fait favorable. S. A. R. se montrant à la croisée, sur ce qu'on lui dit que la route voisine était celle de Nantes, repartit gracieusement : *vous me verrez passer de vos fenêtres.* A la sortie de l'appartement, elle se dirigea vers les salles des malades civils à qui elle témoigna la même bonté : elle fit plusieurs questions sur la manière de les traiter, et remonta dans sa voiture en promettant de protéger l'hospice. Elle réitéra dans la soirée, la même promesse aux dames de la maison qui lui furent présentées, et au moment de son départ de la ville, elle affecta une somme de deux mille francs spécialement pour la lingerie.

Après la visite de l'hospice, S. A. R. revenant en ville, passa devant le collége où elle voulut entrer quoique l'époque des vacances en eût fait sortir tous les élèves. Là aussi elle était avec toutes les autorités ; elle alla d'abord faire à Dieu une prière fervente à l'autel de Saint-Louis, patron de la chapelle ; elle parcourut les salles, le réfectoire, les dortoirs, toutes les parties de la maison ; elle s'entretint, avec les professeurs présens, du succès des élèves et de l'amélioration des études ; elle fit à M. le Préfet et à M. le Principal des questions dans l'intérêt du pays, et assura qu'elle verrait avec plaisir l'agrandissement du collége ; ce qui est alors du meilleur augure ; car déjà on espère pour le 1.er novembre prochain l'établissement d'une chaire de philosophie.

Immédiatement après, S. A. R. entourée d'un grand nombre d'officiers généraux, notamment M. le comte d'Espinoy, commandant la 12 division militaire, M. du Pérat, commandant du département.

de la Vendée, MM. les officiers du 22.e régiment de ligne, M. le commandant de la place, et M. Maublanc, capitaine du génie en chef, est allée visiter la caserne du quartier d'infanterie. Elle a aussitôt remarqué le vaste emplacement des cours et du local pour les manœuvres, ainsi que la nécessité de construire promptement la caserne projettée sur un autre point de la ville. Ayant alors apperçu le plan de Bourbon-Vendée, elle l'a aussitôt demandé. MM. les Ingénieurs se sont empressés d'en faire une copie sur une petite échelle; et le 19, avant le départ de S. A. R., ils ont été admis à l'honneur de le lui offrir. Elle a daigné l'accepter en disant qu'elle conserverait volontiers le plan d'une ville où elle avait été accueillie avec des expressions si vives d'amour et de fidélité. Elle a aussi exprimé le desir que le retour de la paix pût bientôt ramener nos troupes en France, ce qui nous assurerait une garnison nombreuse, nécessaire à l'accroissement et au commerce de Bourbon. Avant de se retirer de la caserne, elle a passé en revue le dépôt formant la garnison; elle a été satisfaite de la bonne tenue des troupes et surtout de l'excellent esprit qui les anime; elle est sortie aux cris répétés de toutes parts VIVE LE ROI! VIVE MAD ME!

L'Héroïne de Bordeaux avait alors besoin de se reposer, et on croyait qu'elle allait rentrer dans son palais: mais elle s'est rappelée la promesse qu'elle avait faite à M. le Préfet dans la matinée, de poser la première pierre du Monument Vendéen, consacré à la mémoire des braves qui succombèrent en défendant la cause du trône et de l'autel. Elle s'est aussitôt rendue, au milieu d'une immense population, sur la place Royale, où l'attendait le corps municipal, qui n'avait été averti que peu d'heures auparavant de cette cérémonie. En effet, le conseil s'était réuni le 13 septembre à la réception de l'avis officiel de Bordeaux qui annonçait la prochaine arrivée de MADAME, et avait voté par acclamation l'érection de ce monument glorieux pour notre ville comme pour toute la Vendée; mais on attendait, dans un silence respectueux, le consentement et les ordres de S. A. R. Le 16, on eut l'espoir que nos vœux seraient favorablement accueillis, et M. le Maire aussitôt prit un arrêté pour régler les dispositions convenables en pareil cas. Cet arrêté annonçait notamment que la première pierre serait posée au retour de la promenade des Herbiers, et que les travaux préliminaires seraient terminés le jeudi 18 à midi. Quelle fut la surprise, si agréable aux autorités, lorsque MADAME, le 17 à son arrivée, daigna leur dire elle même qu'elle agréait le Monument Vendéen, dont M. le Préfet avait eu l'honneur de l'entretenir, et que le soir même, en visitant la ville, elle se ferait un plaisir d'en poser la première pierre. Tout fut aussitôt en mouvement pour remplir les intentions de MADAME; mais il était alors impossible d'achever les ouvrages préparatoires. Dans un concours extraordinaire qui produisait une aimable confusion, on ne put qu'appeler un ouvrier et M. Delépine, architecte de la ville, qui se portait partout pour exécuter les ordres de la Mairie, et qui accourut presqu'à l'instant où S. A. R. arriva sur le lieu même qui deviendra à jamais célèbre par le passage de notre auguste Protectrice. Il lui témoigna son émotion et ses regrets de ce que rien n'était convenablement préparé. S. A. R. flattée au contraire d'une telle précipitation, se servit des outils que l'ouvrier tenait à la main, et adressa aux autorités et à l'architecte des paroles obligeantes.

Voici au surplus le texte du procès-verbal de cette cérémonie :

« Cejourd'hui mercredi 17 septembre 1823, sur « les quatre heures du soir, le conseil municipal de « Bourbon - Vendée, qui venait de recevoir, par « M. le Préfet, les ordres de S. A. R. MADAME, du- « chesse d'Angoulême, s'est trouvé réuni sur la place « Royale au moment où S. A. R. qui honorait de

« sa visite les établissemens publics de la ville, a
« daigné descendre de sa voiture, et poser la pre-
« mière pierre du Monument Vendéen, voté par le
« Conseil dans sa séance du 13 du même mois.
« S. A. R. sans attendre les ouvrages préparatoires
« qui avaient été indiqués pour le lendemain, a eu
« l'extrême bonté de prendre les outils dont se
« servait l'ouvrier maçon, et de consacrer, de ses
« mains augustes, le monument qui doit être érigé
« à la mémoire des Héros Vendéens morts en défen-
« dant l'autel et le trône. Cette cérémonie a eu lieu
« en présence de toutes les autorités civiles et mi-
« litaires, et au milieu d'une foule de Vendéens
« accourus pour offrir leurs hommages à S. A. R.

« Le présent procès-verbal est à l'instant rédigé
« et signé par le conseil municipal pour perpétuer le
« souvenir du jour heureux où cette ville a reçu une
« faveur aussi insigne, et sans préjudice d'une autre
« cérémonie qui aura lieu pour le scellement de la
« même pierre, lorsque le plan du monument aura
« été arrêté. »

Fait en conseil municipal, à Bourbon-Vendée, lesdits jour, mois et an.

Signatures du Maire, des Adjoints et des Conseillers municipaux.

MADAME, au sortir de la place Royale, a eu encore la bonté de se rendre à la communauté des Ursulines, où l'attendait une foule de fidèles rassemblés dans l'église. Elle a été reçue à la grande porte par M.gr l'évêque de Luçon et M. l'aumônier, M. le Préfet, et M.me Sainte-Collette, supérieure, au milieu d'un clergé nombreux, des principales autorités et des religieuses de la maison, puis conduite processionnellement au chœur au chant du *Domine salvum fac Regem*. L'allée du cloître conduisant au chœur était ornée de guirlandes et de verdures. Pendant la longue prière que MADAME faisait sur le prie-dieu qui lui avait été préparé, on a chanté en action de graces le pseaume *Laudate Dominum, omnes gentes.* Un pieux recueillement signalait en ce moment la dévotion et les sentimens monarchiques de tous les assistans. Ensuite S. A. R. accompagnée de sa dame d'honneur et du même cortège qu'à son entrée, s'est rendue dans la grande salle où elle a bien voulu s'asseoir quelque tems, converser avec Mme la supérieure et chaque religieuse, s'informer des besoins de la communauté, et promettre de s'intéresser à son agrandissement. Elle a voulu en outre voir les élèves; alors on les a placées sur deux haies; elles étaient toutes vêtues de blanc, ayant une couronne de fleurs sur la tête et une ceinture verte. Sept d'entr'elles chantèrent des couplets analogues à la joie qui régnait dans tous les cœurs. Trois des plus petites, âgées de six ans, présentèrent à S. A. R. qui daigna les relever aussitôt, une corbeille brodée en or, remplie de fleurs. Elles en furent aussitôt récompensées par d'honorables caresses. MADAME a encore adressé aux religieuses de la maison des paroles de consolation, et en est sortie au milieu des bénédictions, et au cri à la fois français et religieux.

Là s'est terminée une visite dont le souvenir ne s'effacera jamais de notre mémoire. MADAME est rentrée à son palais vers cinq heures. Nous bornons ici notre rapport en ce qui concerne la ville. Nous avons voulu faire connaître ce qui pouvait l'intéresser. Notre but étant rempli, nous laissons à d'autres le soin de recueillir et de publier une foule de circonstances remarquables, ainsi que des cantates qui excitent à juste titre la curiosité publique. Nous avions entrepris un récit administratif; et nous serons heureux, si nous avons pu au moins rapporter les principaux évènemens, et exprimer l'enthousiasme dont nous sommes animés avec tous les habitans.

Bourbon-Vendée, le 26 septembre 1823.

POÉSIES.

ODE

A Son Altesse Royale MADAME, sur son passage dans la Vendée.

1.re Strophe.

Levez-vous, cendres généreuses,
Preux Martyrs de la Royauté!
Descendez ombres radieuses
Du haut de la sainte cité!
Notre Vendée enfin contemple
L'Auguste Orpheline du temple,
Pur sang des Césars et des Rois!
Relevez-vous Guerriers sublimes,
Des morts franchissez les abymes
Et venez inspirer ma voix!

2.

Du sol fidèle, aux Pyrenées,
Des peuples quels sont les transports?
Quels élans de joies spontanées
Ont tout entraîné sur ces bords?
Français! c'est Elle! c'est Marie!
C'est l'idole de la patrie,
Dont l'ascendant, partout vainqueur,
Vient exalter votre allégresse,
Et sait de votre noble ivresse
S'attendrir au fond de son cœur.

3.

Disparaissez horde barbare,
D'Anarchistes vains et cruels;
L'ambition qui vous égare
Vous a rendus trop criminels.
De tous vos rêves sanguinaires,
De vos complots incendiaires
Voyez quel est partout l'effroi.
Abjurez une secte impie,

Tombez tous aux pieds de Marie,
N'ayons plus qu'un culte et qu'un Roi.

4.

Dans quelles mortelles alarmes,
Princesse, ont frémi nos Guerriers,
Quand, seule en proie à tant de larmes,
Tu fus aux mains des meurtriers!
Jamais les lions de Lybie
Ne sentirent plus de furie
Voyant leurs petits en danger,
Qu'alors, ô moderne Antigone,
Pleins de la terrible Bellone,
Nous brûlâmes de te venger.

5

Mais c'est le ciel qui t'a rendue
Aux Vœux de notre ardent amour:
Des Français la muse éperdue
A cent fois chanté ce beau jour.
Ange vénéré de la France,
Le monde a vu notre constance
Et notre part à tes malheurs.
Vains efforts, dignes de mémoire!
Pourquoi n'eûmes-nous pas la gloire
D'être tes seuls libérateurs!

6.

Quelle imposante et nouvelle ère
S'ouvre à ton magnanime époux?
Vois sur le Tage et sur l'Ibère
Deux grands peuples à ses genoux,
L'atroce anarchie écrasée,
L'Hesperie entière appaisée,
Deux puissans trônes rétablis,
Par ses vaillantes mains la France,
Porter au loin son influence
Et faire triompher les Lys.

7.

Cathelineau, Bonchamp, Lescure,
Charrette, Rochejacquelein,

Vous tous, qui d'une foi si pûre,
Fûtes les dignes Paladins,
Formidables vengeurs des crimes,
Et vous aussi tristes victimes
Dans vos tombeaux appaisez-vous;
Sur cette terre encor en cendre,
Notre Héroine va descendre
Et combler nos vœux les plus doux.

8.

Bordelais zélés et sincères,
Nobles Emules, nos rivaux,
Vendéens du midi, vos frères
Forment un pacte avec Bordeaux.
L'Héroine qui nous enflamme
Saurait sous sa blanche Oriflamme
Nous guider en mille combats:
Qu'à jamais une sainte ligue
Oppose une immuable digue
Contre tous nouveaux attentats.

9

Nous avons vu la basse envie
S'efforcer de nous désunir;
Nous avons vu la calomnie
Oser tenter de nous flétrir;
La France sait la fourbe insigne;
Mais qu'a produit la trame indigne
De quelques ennemis pervers?
Contre la faveur usurpée
La fidélité s'est trempée
Par trente ans d'illustres revers.

10,

Toi qu'un prestige inexprimable
Suit en tous lieux, marque tes pas,
Reine des cœurs, Astre adorable,
Reviens, reviens en nos climats.
Quand l'Europe entière t'admire
Dans l'ardeur que ton nom inspire,

Nous pourrions être combattus ;
Mais tes Vendéens d'âge en âge
Propageront leur pur hommage
A ta grandeur, à tes vertùs.

II.

Compagnons en ce jour prospère
Elevons nos voix jusqu'aux cieux,
Devant celle que tout révère
Soyons dignes de nos ayeux.
Comme eux jusqu'aux fatales parques,
Au sage, au Nestor des Monarques,
Vendéens répétons en chœur
Nos vieux sermens et la devise
Qui sans cesse nous électrise,
Dieu, le Roi, les Bourbons, l'honneur.

Par un Vendéen.

LA GUERRE D'ESPAGNE.

CANTATE

Composée à l'occasion du passage de S. A. R. MADAME, Duchesse d'Angoulême, *à Bourbon-Vendée, les* 17 18, *et* 19 *Septembre* 1823.

AIR : *Vive le Roi ! Vive la France !*

Couverte d'un vaste linceuil,
La mort planait sur l'Ibérie,
Le crime imposait le cercueil
Aux fiers enfans de la patrie.
Mais nos soldats ont écouté
Le noble appel à la vaillance,
Et leur honneur a répété :
Vivent les Bourbons et la France !

Pour sauver un Roi malheureux
Ils volent, guidés par la gloire.
La trahison fuit devant eux,
Dans leurs rangs marche la victoire.

L'ennemi des trônes pâlit,
Sa honte invoque la clémence,
Et l'écho des vieux monts redit:
Vivent les Bourbons et la France!

Au sein de cette nation
Où Rome a su vaincre Carthage,
S'avance un nouveau Scipion,
Qui, sous ses lauriers, cache un sage.
Tremblez! vous que l'enfer conduit,
Dans les rangs du crime en démence,
Tremblez!... le monde entier redit:
Vivent les Bourbons et la France!

Sur l'airain on lisait ces mots:
AUX ARMES! QUE LE ROI PERISSE!
Mais de cet appel aux bourreaux,
Le fer des Français fait justice.
L'airain tombe.... sur ses débris
Vient s'asseoir la reconnaissance;
Ces mots par elle sont redits:
Vivent les Bourbons et la France!

On voit soudain de toutes parts
Accourir l'Espagne fidèle;
Pour nous il n'est plus de remparts,
Partout l'Olivier nous appèle.
De nos guerriers toujours vainqueurs,
Le trône attend sa délivrance;
Un seul cri s'échappe des cœurs:
Vivent les Bourbons et la France?

Oui bientôt vont cesser tes maux,
Roi Martyr! auguste famille!
J'en jure l'honneur des héros,
Dont pour vous le courage brille!
C'est alors que nous reverrons
Les nobles fils de la vaillance,
Et qu'avec eux nous redirons:
Vivent les Bourbons et la France!

Et vous que nous revérons tous,
Princesse que nos cœurs chérissent,
La paix va vous rendre à l'époux
Dont les grands destins s'accomplissent.
Que jusqu'à ce fils de Henry,
Qui de l'Espagne est l'espérance,
Les airs soudain portent ce cri
Vivent les Bourbons et la France!

Par MM. Menard de Rochecave et Brisson, auteurs de *l'Heureuse Matinée*, vaudeville représenté sur le théâtre de la Rochelle le 16 septembre 1823.

LA FETE DES VENDÉENS.

Air : C'est aujourd'hui la fête, la fête des bonnes gens.

La fidèle Vendée
Voit briller son plus beau jour,
La Princesse adorée
Vient lui prouver son amour;
Braves soldats de Charrette
Oubliez vos longs chagrins :
C'est aujourd'hui la fête,
La fête des vendéens. (*bis.*)

C'est l'Ange de la France
Qui vient esssuyer nos pleurs,
Par sa douce présence
Elle efface nos malheurs....
A la bénir tout s'apprête,
Tout redit joyeux refrains :
C'est aujourd'hui la fête,
La fête des vendéens. (*bis.*)

Déployons nos bannières
Brillantes de fleurs-de-lys,
Parons-en nos chaumières,
Parons-en tous le pays;

Soldats levez tous la tête,
Soyez fiers de vos destins....
C'est aujourd'hui la fête,
La fête des vendéens. (*bis.*)
Pour délivrer l'Espagne,
D'Angoulême est loin de nous;
Consolons sa compagne
Qui vient nous consoler tous;
Qu'il achève sa conquête
Et vienne des bords lointains,
Il doublera la fête,
La fête des vendéens. (*bis*)

***

STANCES A MADAME

Duchesse d'Angoulême,

Sur la venue inespérée de S. A. R. *dans les départemens de l'Ouest.*

Tel aux plaines du ciel, après un long orage,
Brille l'astre du jour; et les Dieux satisfaits
Redonnent aux mortels l'espoir et le courage
Garans sacrés de leurs bienfaits.

O terre magnanime! ô fidelle Vendée!
Lève ton noble front, couronne-toi de fleurs:
A tes vœux, à ta foi, Thérèse est accordée,
Et sa main va sécher tes pleurs.

Tu la suivais des yeux, et tu portais envie
Aux bords de la Gironde, aux rives de l'Adour;
Eh! comment espérer qu'à ton amour ravie,
On la rendrait à ton amour!

La voilà, cependant, la voilà qui s'avance,
Cette fille des rois, dont ton cœur était plein,
Appui des malheureux, nouvelle providence
Pour la veuve, et pour l'orphelin!

Peuples, il en est tems, déployez vos bannières,
Sur les pas de Thérèse, allez semer les lis;
Ils renaîtront en foule au tour de vos chaumières,
Vos bois en seront embellis.

Admirez, célébrez cette auguste Princesse,
De l'autel et du trône, intrépides soutiens!
Que son nom dans vos chants retentisse sans cesse,
Qu'il vive dans nos entretiens!

Dites à vos neveux, repétez d'âge en âge :
« A la voix de Louis, quand son illustre époux,
« De Ferdinand captif allait venger l'outrage,
« Elle daigna venir à nous. »

Par *un Ancien soldat des Armées Royales.*

LES GARDES D'HONNEUR.

COUPLETS.

De nos braves et bons ayeux
Suivre la bannière;
Savoir boire et battre comme eux,
Vivre à leur manière;
Servir son Roi dans le malheur,
Mourir sans reproche et sans peur,
C'est le savoir faire
Des Gardes d'honneur.

Si l'on veut dans notre pays
Semer le désordre;
Montrer les dents aux ennemis
Et savoir les mordre;
Chez nous jamais un déserteur :
Fidélité, *Devoir*, *Valeur*;
Voilà le mot d'ordre
Des Gardes d'Honneur.

Hier encor l'on vit parmi nous
L'ange de la France;
A ses pieds nous jurâmes tous
Foi, Bourbons, Vaillance;
Du Roi fidèle défenseur,
Porter MADAME au fond du cœur
Voilà l'ordonnance
Des Gardes d'honneur.

Honneur à notre beau pays
Qui l'a possédée.
Honneur à nous, enfans des Lys
Qui l'avons gardée.
Que je suis fier de mon bonheur!
Je suis, je le sens dans mon cœur,
Fils de la Vendée
Et Garde d'honneur.

A. L. DE HILLERIN,

Garde d'Honneur.

Couplets chantés à S. A. R. MADAME, *le* 19 *septembre, à son passage à Montaigu* (Vendée.)

Air: *Du Premier Pas.*

Elle est ici
Notre aimable Princesse,
A son aspect nos cœurs ont tressailli;
Jurons lui donc amour, respect, tendresse,
Et de nos cœurs exprimons l'allégresse,
Elle est ici. (*Bis.*)

Dans ce beau jour
De l'arbre solitaire,
Nous détachons nos instrumens d'amour;
Tes doux accens ont le droit de nous plaire,
Nos cœurs enfin peuvent se satisfaire,
Dans ce beau jour. (*Bis.*)

Voilà nos vœux
Qu'en ces lieux chaque année,
Votre présence y fasse des heureux;
Que le Héros qui guide notre armée,
Vienne avec vous visiter la Vendée;
Voilà nos vœux. (*Bis.*)

COUPLETS

Chantés au banquet de la St.-Louis 1823, *donné, à Bourbon-Vendée, par MM. les Gardes d'honneur de* S. A. R. MADAME, Duchesse d'Angoulême.

Air: *De la Meunière.*

Fêtons notre bon Roi Louis,
Qu'ici l'on révère;
Mais que ce soit, mes chers amis,
Comme on fête un père;
Et que chacun, de bonne foi,
Jure de l'aimer plus que soi:
Voilà la manière
De fêter son Roi.

Prêchons la justice et la paix,
L'union sincère;
Que dans son voisin tout français
N'embrasse qu'un frère;
Cependant, amis, croyez-moi,
Des Jacobins restons l'effroi:
Voilà la manière
De fêter le Roi.

Fidèle au plus saint des sermens,
La Vendée entière,
En défendant, sous les Bonchamps,
La blanche bannière;

De l'honneur en suivant la loi,
Et ne professant qu'une foi,
Montra la manière
De fêter le Roi.

Mirallès, (*) qui fait respecter
Son beau caractère,
Vient aussi lui de répéter
Notre cri de guerre;
Ce vaillant soldat de la foi,
A Mina, dont il est l'effroi,
Prêche la manière
De fêter son Roi.

Ignorer le nom des partis;
Au sein des affaires;
Marcher droit, au milieu des cris
Des jacobinières.
Avoir toujours l'honneur pour loi,
De tout préfet de bon alloi,
Voilà la manière
De fêter le Roi.

Par MM. *Ménard de Rochecave* et *Brisson*.

(*) Le Trapiste Don Antonio.

A Bourbon-Vendée, de l'imprimerie de P. Allut.

www.ingramcontent.com/pod-product-compliance
Ingram Content Group UK Ltd.
Pitfield, Milton Keynes, MK11 3LW, UK
UKHW020357250726
13967UKWH00005B/2342